Début d'une série de documents
en couleur

COUVERTURES SUPERIEURE ET INFERIEURE D'IMPRIMEUR

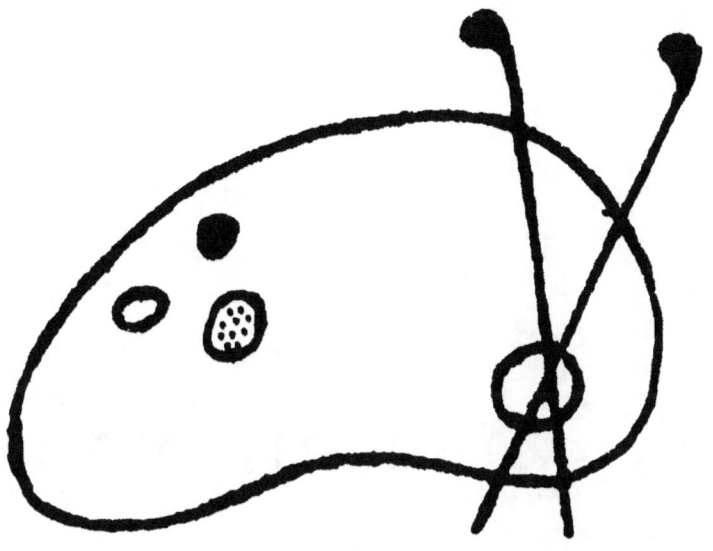

Fin d'une série de documents
en couleur

DELPHINE

3e SÉRIE GRAND IN-32.

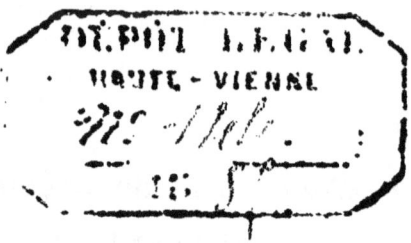

DELPHINE

OU

L'HEUREUSE GUÉRISON

PAR

MADAME DE GENLIS.

LIMOGES

EUGÈNE ARDANT ET Cᵢₑ, ÉDITEURS

DELPHINE

OU L'HEUREUSE GUÉRISON.

———

Delphine, fille unique et riche héri-
tière, avait de l'esprit et un bon cœur.
Madame Mélite, sa mère, qui était veuve,
avait trop de faiblesse et de légèreté
pour être en état de donner une bonne
éducation à sa fille, qu'elle chérissait.
Cependant à neuf ans Delphine avait
déja plusieurs maîtres; mais elle n'apprenait rien, et ne montrait du goût
que pour la danse. Elle prenait toutes
ses autres leçons avec une extrême
indolence, et souvent les abrégeait de
moitié, en se plaignant qu'elle était

fatiguée ou qu'elle avait la migraine.
« Je ne veux point qu'on la contrarie,
répétait sans cesse madame Mélite; elle
est d'une constitution délicate, trop
d'application nuirait à sa santé. D'ailleurs, ajoutait madame Mélite avec
orgueil, il est à croire que, même sans
une grande supériorité de talents, elle
pourra faire un bon mariage... Ainsi
il me paraît inutile de la tourmenter. »

Aussi Delphine, caressée, flattée,
gâtée, était-elle la plus malheureuse
enfant de Paris. Chaque jour on voyait
sa bonté naturelle s'altérer, son caractère s'aigrir.. Elle devenait capricieuse,
vaine, indocile; elle ne pouvait supporter la moindre contrariété. Bientôt elle
ne se contenta pas de se soustraire à
l'obéissance, elle voulut commander;
elle donnait des ordres dans la maison,
traitait les domestiques avec hauteur,
souvent les faisait gronder; quelquefois
pourtant elle se plaisait à s'entretenir

avec eux : tour à tour dédaigneuse et familière, confondant l'arrogance avec l'élévation, la bassesse avec l'indulgence et la bonté; blasée sur la flatterie, et ne pouvant s'en passer; pleine de fantaisies, et n'ayant pas un seul goût véritable; fatiguée de ses poupées, de ses joujoux, en même temps envieuse de tout ce que les autres possédaient... N'ayant aucun empire sur elle-même, elle se mettait en colère pour le plus léger sujet, et boudait sans raison. L'instant d'après elle s'affligeait d'avoir été injuste ou faible; elle pleurait, elle sentait ses torts, et n'avait pas la force de se corriger. Pour surcroît de peines, elle ne jouissait pas d'une bonne santé. Comme elle était gourmande, elle se nourrissait, non de bons aliments, mais de confitures, de biscuits et de bonbons, et elle avait continuellement mal à l'estomac. Sa mère, il est vrai, voulait qu'elle fût extrêmement gênée dans son

corset. Delphine elle-même était char-
mée de s'entendre citer comme la jeune
personne de son âge la plus mince et la
mieux faite; cette ridicule vanité lui
faisait supporter sans murmurer le sup-
plice d'être serrée au point de ne pouvoir respirer : et pourtant elle était délicate à l'excès; elle ne se promenait que
très-rarement à pied, et jamais en hiver;
elle craignait le vent, le froid, le soleil,
la poussière. Enfin, pour ne vous cacher
aucune de ses faiblesses, elle avait peur
en voiture, et se trouvait mal dès qu'elle
voyait une araignée ou une souris.

Cependant, loin de se fortifier avec
l'âge, sa santé s'affaiblissait chaque
jour; et bientôt madame Mélite en fut
assez inquiète pour appeler un médecin;
l'état de Delphine n'avait rien de dange-
reux, mais le médecin recommanda de
lui procurer beaucoup d'amusement et
de dissipation. Alors Delphine fut écra-
sée de joujoux, de présents. On pré-

venait tous ses désirs; on la menait au spectacle; elle y portait une indolence, un ennui que rien ne pouvait dissiper. Comme on lui passait toutes ses fantaisies, elle en avait régulièrement dix ou douze par jour. Un soir entre autres qu'il y avait appartement à Versailles, elle voulut avoir Léonard (1) pour coiffer sa poupée. On lui fit à ce sujet quelques représentations. Elle s'emporta, brisa sa poupée, pleura de rage, et eut une attaque de nerfs alarmante. Son caractère se gâtait de plus en plus : elle venait véritablement odieuse par l'excès de sa violence, de sa mauvaise humeur et de ses caprices; tout l'irritait ou la désespérait : ce fut alors qu'elle éprouva que l'on souffre plus encore de ses propres défauts qu'on ne peut en faire souffrir les autres.

(1) Du temps de madame de Genlis, Léonard était le coiffeur à la mode, et les femmes se l'arrachaient quand il y avait fête à la cour.

Enfin la malheureuse Delphine, insupportable à tout le monde, tomba dans une espèce de consomption qui fit craindre pour sa vie. Elle avait alors dix ans. Plusieurs médecins furent consultés; ils déclarèrent que l'état de Delphine était désespéré.

Madame Mélite, désolée, eut recours à un fameux médecin allemand, le docteur Steinhausse. Il examina Delphine avec la plus grande attention, étudia son mal quelque temps, et déclara qu'il répondait de sa vie, si on lui permettait de la conduire à son gré. Madame Mélite n'hésita pas, et répondit au docteur qu'elle remettait sa fille entre ses mains. « Mais, Madame, reprit le docteur, il faut que je l'emmène à ma maison de campagne....

— Comment?... Ma fille?...

— Oui, Madame; sa poitrine est attaquée, et le premier traitement que je prescrirais serait de passer huit mois dans une étable à vaches.

— Mais je puis avoir une étable chez moi.

— Je ne traiterai votre fille qu'à la condition qu'elle sera dans ma maison et sous la direction de ma femme.

— Vous permettrez, Monsieur, que sa gouvernante et sa femme de chambre la suivent?...

— Je n'y puis consentir; et même, si vous me confiez votre fille pendant huit mois, il faut encore vous décider à passer tout ce temps sans la voir, car je veux être le maître absolu de l'enfant, la gouverner sans éprouver de contradiction. »

Madame Mélite s'écria que ce sacrifice serait au-dessus de ses forces; elle accusa le docteur de cruauté, de bizarrerie; et ce dernier, inébranlable dans sa résolution, la quitta sans paraître ému de ses reproches. Cependant la réflexion

calma bientôt madame Mélite; elle son-
gea que tous les médecins condamnaient
Delphine, et que le docteur allemand
répondait de sa vie. Elle l'envoya chercher de nouveau. Le docteur revint;
madame Mélite, non sans verser beaucoup de larmes, consentit à remettre sa
fille entre ses mains. Il m'est impossible
de vous dépeindre la douleur et la colère
de Delphine, quand on lui déclara
qu'elle allait partir tête à tête avec madame Steinhausse, la femme du docteur,
qui vint exprès pour la conduire à sa
maison de campagne.

Dans le premier moment, on n'osa ni
annoncer à Delphine qu'elle quittait
Paris pour huit mois, ni lui parler de
l'étable qu'elle allait habiter; mais,
malgré ses ménagements, elle fit éclater
le désespoir le plus violent, et il fallut
la porter de force dans la voiture de
madame Steinhausse. Celle-ci la prit
dans ses bras, et, l'asseyant sur ses

genoux, donna ordre au cocher de partir, ce qu'il exécuta sur-le-champ.

Sa douleur était naturelle et aurait attendri d'autres que ceux qui connaissaient cette nature revêche et capricieuse. Ce qui achevait de rendre Delphine inexcusable, c'était son emportement, et surtout son dédain pour madame Steinhausse, qu'elle traitait avec le plus grand mépris; car elle ne daignait pas même lui répondre.

Enfin, sur les six heures du soir, on arriva dans la vallée de Montmorency, à cinq lieues de Paris, et l'on entra dans la petite maison du docteur Steinhausse. Vous figurez-vous, mes enfants, l'indignation de l'impérieuse Delphine, quand on la conduisit dans *l'appartement* qui lui était destiné? s'écria-t-elle; quoi! dans une étable! Fi donc, l'horreur! quelle odeur insupportable! sortons d'ici.

— Mademoiselle, reprit doucement

madame Steinhausse, cette odeur est très-saine... surtout pour vous.

— Quelle idée! sortons, vous dis-je... Conduisez-moi dans la chambre où je dois coucher.

— Vous y êtes, Mademoiselle.

— Comment, j'y suis!...

— Mais oui; voilà votre lit, et voici le mien, car je ne vous quitterai point.

— Qui, moi ?... je coucherais ici, dans une étable! dans un lit semblable!...

— Un très-bon lit de sangle.

— Vous plaisantez, sans doute.

— Non, Mademoiselle, je vous dis la vérité : cette odeur, qui malheureusement vous déplaît, est très-salutaire dans votre situation; elle vous rendra la santé; et c'est pourquoi mon mari a décidé que vous resteriez dans cette étable une grande partie du temps que vous passerez ici. »

Madame Steinhausse aurait pu parler

plus longtemps : Delphine n'était pas en état de l'interrompre. La malheureuse enfant, suffoquée de colère, se renversa sur son lit sans pouvoir proférer une parole. Madame Steinhausse s'aperçut, à la rougeur de son visage et au gonflement de son cou, qu'elle étouffait. Elle lui ôta son collier, et la délaça; Delphine commença à respirer, et bientôt jeta des cris effrayants : madame Steinhausse montra le plus grand sang-froid, et garda le silence. Mais enfin, au bout d'un quart d'heure, voyant que Delphine ne s'apaisait pas : « Mademoiselle, dit-elle, je me suis chargée de garder une enfant malade, mais non pas une folle : ainsi, bonsoir; je reviendrai quand cet accès sera passé...

— Quoi! vous m'abandonnez?

— Non : une de mes servantes restera avec vous...

— Une servante!...

— Oui, une excellente fille, très-

patiente, très-douce... Catau!... Catau!... »

A la voix de sa maîtresse, Catau
accourut. Madame Steinhausse sortit
de l'étable, et voilà Delphine tête à tête
avec Catau, grosse et grande servante
allemande, bien robuste, et qui ne
savait pas un mot de français.

Aussitôt que Delphine l'aperçut, elle
se précipita vers la porte, avec l'intention de sortir : Catau s'opposa à ce
dessein en fermant la porte et en met-
tant la clef dans sa poche. Delphine,
outrée, dit à la servante qu'elle voulait
avoir cette clef; Catau ne pouvait
répondre, puisqu'elle n'entendait pas le
français; mais elle sourit de l'air mutin
de Delphine, et après avoir regardé un
moment cette petite figure aussi ridicule
que comique, elle s'assit tranquillement,
et se mit à tricoter. Ce sang-froid augmenta la colère de Delphine; le visage
enflammé, les yeux étincelants, elle

s'approcha de la servante et lui dit mille injures. Catau étonnée leva la tête, haussa les épaules, et continua son ouvrage. Cet air de mépris acheva de pousser à bout l'orgueilleuse Delphine; furieuse, hors d'elle-même, elle ne trouvait plus d'expressions qui pussent rendre ce qu'elle éprouvait; elle était debout à côté de la servante assise; celle-ci, la tête penchée sur son ouvrage, ne la voyait pas. Delphine, ne sachant plus ce qu'elle faisait, se recula d'un pas, leva le bras, et donna un soufflet bien appliqué sur la fraîche et grosse joue de Catau. A cette attaque imprévue, Catau s'émut un peu; mais prenant sur-le-champ son parti, elle détacha sa jarretière, saisit Delphine, et lui attacha bien solidement les mains derrière le dos. Delphine eut beau crier, se débattre, elle fut garottée de manière à ne pouvoir faire usage de ses mains. Alors elle commença à comprendre qu'il est

2

déraisonnable de se révolter contre la nécessité; la rage dans le cœur, elle cessa de crier et s'ass't sur une chaise, attendant avec impatience le retour de madame Steinhausse, dans l'espoir que cette dernière consentirait à chasser la silencieuse et flegmatique Catau.

Madame Steinhausse arriva enfin, tenant par la main la plus aimable enfant du monde; c'était sa fille Henriette, âgée de douze ans. Delphine, en voyant entrer madame Steinhausse, alla au-devant d'elle, et lui montrant ses mains, elle se plaignit amèrement de ce qu'elle appelait l'insolence de Catau; mais elle oublia de parler du soufflet. Madame Steinhausse se retourna vers la servante et l'interrogea. Catau, au grand étonnement de Delphine, répondit en allemand et se justifia en deux mots. Madame Steinhausse, adressant la parole à Delphine, lui reprocha son emportement. « Enfin, Mademoiselle, continua-

t-elle, voyez à quoi nous exposent la
hauteur et la violence. Vous avez indignement abusé de l'espèce de supériorité que votre rang vous donne sur cette
fille, et vous l'avez forcée de manquer à
tous les égards qu'elle vous doit. Si
vous voulez que vos inférieurs ne s'écartent jamais du respect que vous êtes
en droit d'attendre d'eux, traitez-les
toujours avec douceur et humanité. »

En disant ces mots, madame Steinhausse déliait les mains de Delphine,
qui écoutait avec surprise un langage si
nouveau pour elle. Plus humiliée que
touchée par cette leçon, elle en sentit
cependant la justesse. Madame Steinhausse présenta sa fille à Delphine, qui
la reçut assez froidement. Un moment
après, on servit le souper. A dix heures,
Catau déshabilla la triste Delphine, et
l'aida à se coucher sur son petit lit de
sangle. Delphine, bien fatiguée, apprit
que l'on peut dormir d'un très-bon

sommeil dans un mauvais lit, et surtout dans une étable.

Le lendemain, le docteur vint voir Delphine à son réveil, et lui ordonna d'aller se promener une heure et demie avant le déjeuner. Delphine trouva cette ordonnance très-dure : elle opposa quelque résistance ; mais à la fin il fallut obéir. On la conduisit dans un vaste verger. Quoiqu'il fît le plus beau temps du monde (on était au mois d'avril), Delphine se plaignit du froid, du vent, assura qu'elle avait mal au pied, et pleura pendant toute la promenade. On la ramena dans son étable, mourante de faim ; elle mangea avec appétit, pour la première fois depuis un an. Après le déjeuner, elle ouvrit la cassette qui renfermait ses bijoux, croyant qu'en étalant toutes ses richesses aux yeux de madame Steinhausse et d'Henriette, elle obtiendrait de leur part beaucoup plus de considération. Remplie de cette idée, l'orgueilleuse Delphine tira de son écrin un beau collier de perles fines et l'attacha à son cou. Elle mit à ses oreilles des pendants d'émeraudes, et plaça dans ses cheveux une étoile et un papillon de diamants. Ensuite elle vint s'asseoir gravement vis-à-vis d'Henriette, qui brodait à côté de sa mère.

Henriette, au mouvement que fit Delphine en s'approchant d'elle, leva les yeux, la regarda froidement, et continua son ouvrage. Delphine, étonnée du peu d'effet que produisait sa parure et voulant attirer l'attention d'Henriette, lui offrit des bonbons, en lui présentant une superbe boîte de cristal de roche ornée d'une charnière de brillants. Henriette prit une dragée, mais sans louer la bonbonnière. Alors Delphine lui demanda comment elle trouvait cette boîte. « Mais, dit Henriette, je la crois bien lourde : une boîte de paille serait plus agréable à porter.

— De paille !...

— Oui; comme la mienne, par exemple : tenez, regardez comme elle est jolie !

— Mais savez-vous le prix de celle-ci ?

— Qu'importe le prix ? c'est de l'agrément qu'il s'agit.

— Et la beauté du travail ?...

— Oh ! la vôtre est plus belle; elle ornerait mieux une boutique; mais pour une poche, la mienne vaut mieux.

— Ainsi donc, vous ne faites aucun cas de ces belles choses ?

— Aucun, quand elles sont gênantes, incommodes.

— Aimez-vous les diamants ?

— Je trouve qu'une guirlande de fleurs sied mieux à une jeune personne qu'une aigrette de diamants.

— Et lorsqu'on est jeune, ajouta madame Steinhausse, nulle parure ne vaut la bonté. »

A ces mots, Delphine tomba dans la

rêverie. Elle éprouvait une certaine tristesse qu'elle n'avait jamais ressentie. Cependant madame Steinhausse lui en imposait assez pour la forcer à se contraindre; et n'osant témoigner son dépit, elle prit le parti du silence.

Au bout de quelques minutes, madame Steinhausse, s'adressant à Delphine : « Puisque vous aimez les ! oîtes, Mademoiselle, lui dit-elle, je vous en montrerai d'assez jolies.

— Ah! oui, reprit Henriette, maman en a de charmantes, entre autres des dendrites...

— Des dendrites, interrompit Delphine, qu'est-ce que cela?

— On donne ce nom, ajouta Henriette, à des pierres qui, par un hasard et un jeu de la nature, portent l'empreinte des végétaux et des animaux. »

Après cette petite explication, Henriette cessa de parler, et Delphine retomba dans la tristesse. Pour la première fois de sa vie. elle fit quelques réflexions.. « Henriette, disait-elle en elle-même, Henriette n'est que la fille d'un médecin, elle n'a ni bijoux ni diamants, je ne lui vois point de joujoux, elle travaille sans relâche; pourquoi donc a-t-elle l'air gai, satisfait? pourquoi paraît-elle heureuse, tandis que moi, depuis que j'existe, je m'ennuie?... »

Ces réflexions faisaient soupirer Delphine. Elle se trouvait fort à plaindre; cependant elle s'ennuyait beaucoup moins qu'à Paris. L'entretien de madame Steinhausse et d'Henriette l'intéressait et piquait sa curiorité. Elle ne pouvait s'empêcher de respecter la première, et elle sentait déjà au fond de son cœur un penchant très-décidé pour la jeune Henriette.

Sur le soir, elle s'avisa de demander sa poupée et ses joujoux. Madame Steinhausse lui dit qu'on les avait oubliés à Paris, mais qu'elle les aurait dans quatre ou cinq jours. Delphine, malgré l'espèce de crainte que lui inspirait madame Steinhausse, allait témoigner son mécontentement, lorsque Henriette lui proposa d'aller lui chercher de quoi s'amuser pour toute la soirée; elle sortit, et revint bientôt avec Catau, apportant deux grands livres d'estampes renfermant une collection de costumes turcs et de costumes russes. Henriette avec une manière si intéressante de montrer ces estampes, elle les expliquait avec tant d'intelligence, que Delphine s'amusa véritablement. Avant de se coucher elle embrassa madame Steinhausse et sa fille, en disant à celle-ci : « J'espère que vous m'enseignerez encore demain quelque chose de nouveau. »

Delphine se mit au lit sans humeur; elle dormit parfaitement; à son réveil, elle appela Henriette. Déjà tout habillée, Henriette accourut, et voyant que Delphine lui tendait les bras, elle sauta légèrement sur son lit, et se jeta à son cou. Delphine se leva en diligence. Elle ne se fit point presser pour aller à la promenade, et prenant Henriette sous le bras, elle sortit gaiement de l'étable. Arrivée dans le jardin, elle vit courir sa compagne, admira sa grâce et sa légèreté, et consentit à courir aussi. Ensuite Henriette, apercevant un charmant papillon couleur de rose et noir, proposa à Delphine d'essayer de l'attraper. Aussitôt la chasse commença. Les deux jeunes filles se séparèrent. Henriette, comme la plus légère, gagna les devants et se chargea de couper les chemins au papillon, si Delphine le manquait en approchant de l'arbuste sur lequel il était posé. Delphine en effet s'avança trop brusquement : le papillon s'échappa, vivement poursuivi, et après mille détours il s'arrêta sur une branche d'aubépine. Delphine, les bras levés, la tête en avant, avança doucement cette tfois un pied, et puis l'autre; enfin elle ouchait presque au buisson d'aubépine: le cœur palpitant, retenant sa respiration, dans la crainte d'agiter les feuilles, elle étendit une main tremblante... elle crut qu'elle allait saisir sa proie; mais, hélas! le papillon s'envola, s'échappant à travers les doigts de Delphine, et même y laissant des traces de son passage.

Delphine soupira en voyant sur sa main une partie de la poussière qui colorait les ailes du joli papillon. Fatiguée, et non rebutée, elle voulut le suivre encore; il la conduisit, ainsi qu'Henriette, jusqu'au bord d'un fossé assez large qui séparait le jardin d'un immense verger, et s'envola dans le verger. Henriette, au même instant, franchit le fossé. Delphine, qui ne savait pas sauter, ne put la suivre; et, tandis qu'elle s'en affligeait, Henriette atteignit le papillon, et revint en sautant, tenant par le bout des ailes son captif, qui se débattait en vain pour s'échapper.

Sur les neuf heures, madame Steinhausse permit aux deux jeunes amies d'aller déjeuner dans le cabinet d'Henriette. Delphine vit dans ce cabinet des objets entièrement nouveaux pour elle; des fleurs desséchées et mises sous verre, des coquilles, des papillons formant de jolis tableaux. Henriette répondit aux questions de Delphine avec sa complaisance ordinaire : elle lui montra tout avec détail, et lui apprit qu'on divisait les coquilles en trois classes, et que ces trois classes forment en tout vingt-sept familles, qui comprennent les différents genres de coquilles.

Delphine écoutait Henriette avec étonnement et curiosité. « Que vous savez de choses ! lui dit-elle.

— Moi, reprit Henriette, je ne sais rien encore, je n'ai que des notions confuses et superficielles; mais j'ai la plus vif désir de m'instruire, et j'aime la lecture...

— Vous aimez la lecture! c'est drôle.

— Comment drôle! c'est un goût très-commun, je crois.

— Je ne le pensais pas.

— Voulez-vous que je vous prête des livres?

— Volontiers, en attendant que ma poupée soit arrivée.

— Eh bien! je vais vous donner *les Paraboles du P. Bonaventure*, et *l'Ami des Enfants*, de Berquin. »

En achevant ces mots, Henriette prit dans sa petite bibliothèque *l'Ami des Enfants*, et le donna à Delphine, qui reçut ce présent avec assez d'indifférence. Madame Steinhausse la reconduisit aussitôt dans son étable, l'y laissa seule sous la garde de Catau, et annonça qu'elle reviendrait dans deux ou trois heures.

Delphine, seule dans son étable avec

Catau et n'ayant point de joujoux, s'a-
visa de chercher dans *l'Ami des Enfants* une ressource contre l'ennui.
Elle ouvrit ce livre avec assez de non-
chalance, et se mit à le lire. Bientôt cette
occupation l'intéressa, l'attacha; elle vit
avec surprise que la lecture pouvait
tenir lieu de beaucoup d'autres amuse-
ments. Comme elle réfléchissait sur
cette découverte, elle entendit frapper à
la porte de l'étable. Catau alla ouvrir,
et Delphine vit paraître une vieille
paysanne, conduite par une jeune fille
de quinze ou seize ans, qui lui demanda
si elle était mademoiselle de Steinhausse.
« Non, répondit Delphine; mais elle va
bientôt venir. »

La bonne femme pria qu'on lui per-
mît d'attendre Henriette: « Car, ajouta-
t-elle, il faut absolument que je lui parle. »

Dans ce moment, Delphine s'aperçut
que la vieille paysanne était aveugle;
elle lui demanda si elle venait dans

l'intention de consulter le docteur Stein-hausse. « Ah! vraiment, répondit-elle, je ne serais pas venu de mon chef: c'est mademoiselle Henriette qui m'a envoyé chercher. »

— Comment cela?

Alors la bonne femme raconta qu'elle habitait Franconville, qu'elle était aveugle depuis trois ans, ce qui la chagrinait d'autant plus que sa petite-fille Agathe (celle même qui la conduisait) refusait d'épouser un riche vigneron du village d'Henriette, parce qu'elle disait qu'étant mariée et chargée du détail d'un gros ménage, elle ne pourrait plus soigner sa grand'mère aveugle, lui tenir compa-gnie, la servir, la conduire partout, et qu'elle ne voulait pas la confier aux soins d'une servante. Agathe prit la parole: « Il était bien naturel, dit-elle, qu'elle pensât ainsi, puisque ayant perdu son père et sa mère en bas âge, sa grand'mère l'avait élevée. — Aussi, reprit la vieille paysanne, cette chère enfant ne veut-elle pas m'abandonner. Mademoiselle Henriette a su toute notre histoire, et elle m'a envoyé chercher dans une carriole, afin que je consulte son bon père, qui à déjà rendu la vue à je ne sais combien de gens qui n'y voyaient goutte. »

La bonne femme fut interrompue par l'arrivée d'Henriette, qui l'embrassa avec la plus grande affection, ainsi que la jeune fille; elle leur fit beaucoup de questions, mais d'un ton plein d'intérêt, écoutant leurs réponses avec attendrissement. Ensuite, prenant la vieille femme par la main : « Venez, dit-elle, je vais vous conduire chez mon père, il arrive dans l'instant de Paris; venez le consulter. »

En parlant ainsi, Henriette força la bonne femme de s'appuyer sur son bras, et tenant de l'autre main la jeune fille, elle sortit de l'étable.

Cette petite scène fit une forte impression sur Delphine : jamais Henriette n'avait paru à ses yeux aussi bonne, aussi raisonnable; elle se rappelait avec ravissement son entretien avec les deux paysannes, et surtout l'expression de sa physionomie. Son penchant pour elle s'en augmenta, ainsi que le désir de lui ressembler.

Au bout d'un quart d'heure, Henriette revint transportée de joie. « Que je suis heureuse, dit-elle à Delphine, d'avoir eu l'idée de faire venir cette bonne femme! mon père est sûr de lui rendre la vue : il lui fera l'opération de la cataracte dans huit jours, et, à ma prière, il consent à la loger ici et à la garder jusqu'à ce qu'elle soit entièrement guérie. Concevez-vous mon bonheur? continua Henriette. Quand cette pauvre femme ne sera plus aveugle, sa pauvre fille pourra épouser le riche vigneron qui la demande, puisqu'elle n'aura plus besoin de servir de guide à sa grand'mère; ainsi l'affection d'Agathe pour son aïeule ne lui coûtera pas le sacrifice d'un établissement avantageux.

— Ah! ma chère Henriette, s'écria Delphine attendrie, je comprends en effet combien vous devez être heureuse, et combien vous méritez de l'être! »

L'arrivée de monsieur et de madame Steinhausse mit fin à cette conversation. Le docteur, comme à son ordinaire, questionna sa petite malade sur son état. « Je me trouve déjà beaucoup mieux, lui dit-elle; je suis un peu fatiguée d'avoir couru aujourd'hui : mais cette lassitude ne m'attriste pas comme celle que j'éprouvais à Paris, quand je revenais d'une soirée.

— Je n'en suis pas surpris, dit le docteur en souriant : les courbatures qu'on prend à Paris donnent la fièvre; celles qu'on gagne à la campagne, loin d'être dangereuses, procurent de l'appétit, du sommeil, et ces vives couleurs que vous voyez sur les joues d'Henriette. »

Le docteur tâta ensuite le pouls de Delphine, et lui ordonna de suivre le même régime jusqu'à nouvel ordre.

Le jour même, Delphine reçut une lettre de sa mère; elle la montra à Henriette, qui, un instant après, sortit et revint en apportant une écritoire et du papier.

« Tenez, dit-elle à Delphine, voilà de quoi répondre à madame votre mère. »

A ces mots, Delphine rougit et baissa les yeux. « Hélas! je ne sais pas écrire, dit-elle.

— Comment! reprit Henriette, point du tout?

— Je forme bien quelques grosses lettres ; mais voilà tout. »

A cet aveu, Henriette, qui vit Delphine humiliée, souffrit de son embarras : « Il n'est pas étonnant, lui dit-elle, que votre mauvaise santé ait retardé votre éducation; mais à présent que vous vous portez mieux, vous pourrez réparer le temps perdu.

— Oh! que je le voudrais! interrompit Delphine. Par exemple, si quelqu'un ici pouvait m'apprendre à écrire...

— Mon écriture n'est pas mauvaise, repartit Henriette, et, si vous le permettez, je serai votre maîtresse. »

Pour toute réponse, Delphine jeta ses deux bras autour du cou d'Henriette, et il fut convenu que la première leçon serait donnée le lendemain même.

Delphine commençait à rougir de l'excès de son ignorance. Elle aimait, elle admirait Henriette; celle-ci se servait de tout son ascendant pour l'engager à s'occuper, à s'instruire, et lui offrait de si bons exemples, et en même temps paraissait si heureuse, que Delphine ne pouvait résister au désir de l'imiter. D'ailleurs, elle trouvait dans sa conver-

sation, dans celle de madame Steinhausse, un agrément qu'elle goûtait
mieux de jour en jour : tantôt madame
Steinhausse l'entretenait de botanique,
de minéralogie; tantôt elle lui contait
quelque trait intéressant d'histoire;
d'autres fois elle lui parlait de l'Allema-
gne, des établissements utiles et des
curiosités qui se trouvent à Vienne; des
superbes collections de tableaux qu'on
admire à Dresde, à Dusseldorf; des
charmants jardins de Reinsberg en
Prusse, et de la belle cathédrale de
Cologne.

Delphine écoutait ces récits avec une
extrême attention; insensiblement elle
prenait un attachement véritable pour
madame Steinhausse, et commençait à
sentir le prix de ses conseils; parfois
même elle la priait de lui en donner;
elle lui obéissait sans efforts, éprouvant
la satisfaction la plus vive quand elle
en recevait quelques marques d'appro-

bation. Cependant Henriette, et par conséquent Delphine, voyaient approcher avec un grand plaisir le jour où l'on devait opérer la vieille paysanne; le riche vigneron, nommé Simon, était venu prier Henriette et madame Steinhausse de seconder ses projets. Le refus d'Agathe, qui prouvait si bien toute son affection pour sa grand'mère, l'avait rendue encore plus chère aux yeux de Simon. Madame Steinhausse avait parlé à Agathe, et cette dernière avait fini par avouer que le mariage qui convenait à ses parents lui convenait aussi.

Enfin elle promit positivement d'épouser Simon, si le docteur rendait la vue à sa grand'mère, à condition que le vigneron consentirait à loger la vieille paysanne. Simon prit avec plaisir cet engagement, et, rempli de tendresse pour la jeune fille, flottant entre l'espérance et la crainte, il attendait, avec une émotion mêlée d'inquiétude et d'impatience, le jour fixé pour l'opération.

Ce jour intéressant arriva enfin; Delphine demanda et obtint la permission d'être témoin de l'opération. A midi, Henriette alla chercher la bonne femme et la conduisit dans le cabinet du docteur. La vieille paysanne, pénétrée de reconnaissance pour sa jeune protectrice, le remercia dans les termes les plus touchants, et lui serrait affectueusement la main, disant que si Dieu lui rendait la vue, elle aurait presque autant de plaisir à regarder Henriette qu'elle en éprouverait en revoyant Agathe. Le docteur fit faire silence; la bonne femme se plaça dans un fauteuil et demanda que sa petite-fille et Henriette fussent à ses côtés. Simon, le jeune vigneron, pâle et tremblant, était debout auprès d'une table. Agathe, se cachant le visage avec son tablier, afin de ne pas voir l'opération, tenant une des mains de sa grand'mère, qu'elle

baignait de ses larmes. Madame Steinhausse et Delphine, assises à quelques
pas de distance, vis-à-vis d'elles, con-
templaient ce tableau avec attendrissement. Le docteur commença l'opération ; la bonne femme la soutint avec
courage... « C'est fait ! s'écria tout-à-
coup le docteur.

— Bon Dieu ! je ne suis plus aveugle !... dit à son tour la paysanne. Agathe ! ma fille, je te vois ! et mademoiselle Henriette, où est-elle ? »

Agathe, fondant en larmes, se jette
dans ses bras. Henriette, transportée,
accourt pour l'embrasser ; le vigneron
vient tomber aux genoux d'Agathe, en
disant : « Quel bonheur... »

A ce touchant spectacle, Delphine,
hors d'elle-même, se lève, se précipite
vers Henriette, et ne peut exprimer que
par des pleurs les doux sentiments de
tendresse qui remplissent son âme...

Vous pouvez bien penser, mes enfants, que pour le coup voilà Delphine devenue tout aussi bonne qu'Henriette. Quand on sent vivement le prix d'une bonne action, on est bien près d'être capable de l'imiter. Delphine connut enfin que la naissance, les diamants, les bijoux, ne sauraient nous rendre heureux, et que la bonté seule peut assurer le bonheur de la vie. Témoin de la satisfaction qu'éprouvait Henriette, oe la reconnaissance que lui montrait la vieille paysanne, Agathe et Simon, lisant dans les yeux du docteur et de madame Steinhausse combien ils jouissaient d'avoir une fille aussi digne de leur tendresse. Delphine enviait le sort d'Henriette, et en même temps elle sentait au fond de son cœur s'affermir et s'augmenter encore l'amitié qu'elle avait pour elle.

Après ces premiers moments de trouble et d'attendrissements, le docteur

demanda à la vieille paysanne qu'elle
fixât le jour du mariage de sa petite-fille;
il fut décidé que Simon épouserait
Agathe sous trois semaines. Le docteur
et madame Steinhausse se chargèrent du
trousseau d'Agathe, et Henriette demanda la permission de lui offrir une
belle pièce de percale que sa mère lui
avait donné la veille. Delphine, tout le
reste du jour, entendit répéter l'éloge
d'Henriette; la vieille paysanne l'appelait sa *bonne protectrice*. En remerciant
le docteur, elle ajoutait toujours :
« Mais c'est à mademoiselle Henriette
que je dois mon bonheur; c'est elle qui
m'a fait venir, qui m'a fait recevoir dans
cette maison; elle s'informe de ceux qui
sont dans la peine, elle les découvre,
elle les envoie chercher, elle les rend
heureux... »

Agathe, pendant ce temps, baisait les
mains d'Henriette. Simon n'osait parler,
mais il levait les yeux au ciel, ses

regards exprimaient sa vive reconnaissance : tous les domestiques bénissaient
leur jeune maîtresse, et contaient d'elle
mille autres traits de bienfaisance.
Madame Steinhausse et le docteur se
félicitaient mutuellement d'avoir une
aussi charmante fille. Henriette recevait
ces douces louanges avec modestie et
attendrissement; elle les rapportait
toutes à sa mère. « Sans vous, lui
disait-elle, sans vos tendres soins, je ne
jouirais pas du bonheur que je goûte.
Ah ! maman, achevez de me corriger de
tous les défauts qui me restent, et vous
me rendrez plus digne de vous!... »

Le soir, quand Delphine se trouva
dans son étable, tête à tête avec madame
Steinhausse, elle se mit sur ses genoux,
et la regardant tendrement : « Ah !
Madame, lui dit-elle, comment avez-
vous pu me supporter jusqu'ici, moi si
différente d'Henriette? Que vous avez
dû me trouver haïssable!

— C'est beaucoup de sentir ses torts, reprit madame Steinhausse; d'ailleurs, depuis quelque temps vous vous conduisez infiniment mieux; chacun remarque en vous un notable changement en bien.

— Hélas! interrompit Delphine, combien je suis loin de ressembler à l'aimable Henriette! Hier, encore, ne me suis-je pas impatientée deux ou trois fois de manière à vous faire hausser les épaules? Aujourd'hui même, n'ai-je pas brusqué Marianne et voulu faire gronder Catau? A propos de Catau, ai-je pensé à lui demander pardon du soufflet que j'eus le tort de lui donner en arrivant ici? Pauvre Catau! ai-je bien pu lui donner un soufflet! à elle si bonne!... Ah! Madame, faites-la venir, je vous en prie: je veux qu'elle sache combien je me repens. »

Madame Steinhausse appela Catau, qui vint sur-le-champ. Delphine, s'approchant d'elle les mains jointes, pria madame Steinhausse de servir d'interprète, et fit les excuses les plus franches; madame Steinhausse les traduisait à mesure en allemand. « Enfin, ma bonne Catau, ajouta Delphine avec une grâce ravissante, si vous me pardonnez, permettez-moi de baiser la joue que j'ai eu l'indignité de frapper. »

Catau, attendrie, par respect n'osait s'avancer, mais Delphine se jeta à son cou, et l'embrassa de toute son âme, et avec un grand plaisir, car elle sentait que cette action en réparait une bien mauvaise. Catau sortit en essuyant ses yeux remplis de larmes, disant en allemand que Delphine était *une charmante petite demoiselle.* Après le départ de la servante, Delphine fit ouvrir une armoire, et en tira une jolie pièce de mousseline : « Voilà, dit-elle, un présent que je destine à Catau.

— Et pourquoi, demanda madame Steinhausse, ne le lui avez-vous pas donné sur-le-champ?

— Ah! je n'avais garde; elle aurait pu croire que je voulais par là payer le soufflet reçu. Ce présent alors, au lieu de lui faire plaisir, l'aurait offensée. Ce n'est pas, je pense, avec de l'argent qu'on peut réparer un mauvais traitement: Catau m'aurait-elle pardonné de bon cœur, si j'eusse eu l'air de vouloir acheter mon pardon?

— Vous avez bien raison, dit madame Steinhausse : voilà de la délicatesse; conservez de pareils sentiments; ils feront paraître votre générosité plus noble, et donneront à tous vos procédés un charme inexprimable. »

En ce moment, on vint annoncer un courrier de la part de madame Mélite. Il apportait une lettre à Delphine, dans laquelle sa mère l'engageait à lui demander librement tout ce qu'elle pouvait désirer, et à lui mander quels étaient les joujoux qui lui feraient le plus de plaisir. Après avoir lu cette lettre, Delphine soupira, et pria madame Steinhausse d'écrire pour elle à madame Mélite, elle lui dicta la lettre suivante :

« Je vous remercie, ma chère maman, de toutes vos bontés; mais je n'aime plus les joujoux; je vais vous dire, puisque vous me l'ordonnez, ce qui me ferait plaisir dans ce moment. Il y a ici une vieille paysanne bien bonne, bien pauvre; il est vrai que sa petite-fille épouse un riche vigneron; mais comme c'est le mari qui aura l'argent, peut-être qu'il n'en donnera pas à la grand'mère autant que la fille le voudrait, du moins je le crains; et pourtant je désirerais que la vieille femme ne manquât de rien. Je l'aime, non pas seulement parce qu'elle est bonne, mais parce qu'elle est mère; je le sens bien, je donnerai toujours de meilleur cœur à une mère qu'à toute autre. Madame Steinhausse croit qu'une pension de cinquante écus ferait le bonheur de la vieille paysanne; ainsi, ma chère maman, je vous prie de m'envoyer, au lieu des joujoux que vous m'offrez, une pension de cinquante écus : je la donnerai tout de suite à la bonne grand'mère. Je serais bien aise de lui faire présent d'une pièce de toile de coton, afin qu'elle ait un habit neuf pour la noce de sa fille. Bonsoir, ma chère maman; ma santé se fortifie tous les jours. Madame Steinhausse a mille bontés pour moi, et je me trouverais tout-à-fait heureuse, si je n'étais pas privée du bonheur de voir ma chère maman; du moins son portrait ne quitte pas mon bras, chaque jour je le baise en lui disant *bonjour* et *bonsoir*, et alors surtout j'ai le cœur serré en pensant que je suis à cinq lieues de vous : sans cela je

serais enchantée d'être ici, d'autant
plus que cette campagne est charmante ;
et puis on dit qu'il y aura bien des
cerises cette année. A propos, maman,
voulez-vous bien dire à ma bonne que
je lui élève un sansonnet, quoiqu'elle
ait mandé à madame Steinhausse qu'elle
était sûre que j'avais déjà *pincé mademoiselle Steinhausse plus de vingt
fois?* Il y avait cela dans sa lettre ; j'en
ai ressenti de la peine, car si vous
saviez, maman, à quel point il faudrait
être méchante pour pincer Henriette !...
Au reste, je l'espère, je ne pincerai plus
personne de ma vie. Adieu, ma chère et
tendre maman : votre enfant vous em-
brasse de toute son âme.

« DELPHINE. »

Le surlendemain, Delphine reçut de
sa mère une réponse charmante, et, au
lieu d'une pension de cinquante écus
pour la bonne femme, madame Mélite

4

envoyait un contrat de trois cents livres, sans oublier l'habit neuf pour le jour du mariage. Delphine, transportée de joie, porta sur-le-champ son présent à la vieille paysanne, que ce bienfait acheva de rendre parfaitement heureuse. Sa reconnaissance et celle d'Agathe, les louanges de madame Steinhausse, les tendres caresses d'Henriette, firent goûter à Delphine une satisfaction dont jusqu'à ce moment elle n'avait eu qu'une faible idée; car, pour connaître l'étendue d'un bonheur si pur, il faut en avoir joui. Le soir, Delphine demanda à madame Steinhausse combien madame Mélite avait dépensé d'argent pour faire ce contrat de trois cents livres.

— Mille écus à peu près, répondit madame Steinhausse, parce que cette rente n'est que viagère.

— Comment! on peut, avec mille écus, assurer de quoi vivre à une personne qui n'a rien!... Mille écus, c'est précisément ce que ma parure de diamant a coûté !

— Eh bien ! Mademoiselle, cette parure vous fait-elle un grand plaisir ?

— Oh ! point du tout : j'aime cent fois mieux une rose ; et quand je songe qu'avec mille écus on peut tirer pour jamais de la misère un infortuné sans ressource, je ne conçois plus qu'on ait la folie d'acheter des diamants. »

Deux jours après cet entretien, Agathe épousa Simon. Les noces se firent dans la maison de madame Steinhausse ; on dressa des tables dans le verger, sous de grands noyers plantés sans symétrie, sur un charmant gazon émaillé de serpolet, de marguerites et de violettes ; une trentaine de paysans des environs s'établirent autour des tables, et madame Steinhausse fit les honneurs de celle des nouveaux mariés. Après le dîner, on dansa sur la pelouse jusqu'au soir; et Delphine, partageant la gaieté commune, disait à madame Steinhausse : « Les bals de Paris ne m'ont jamais bien amusée; mais qu'à présent ils me paraîtront ennuyeux!

— Les vrais plaisirs, répondit madame Steinhausse, ne se trouvent qu'à la campagne, et, quand on les a goûtés, tous ceux que peut offrir la ville paraissent insipides et fatigants. »

Delphine, au mois de juillet, trouva la campagne bien plus belle encore; elle faisait de longues promenades dans les champs, quelquefois le soir, au clair de la lune avec madame Steinhausse et Henriette. D'ailleurs, ayant pris le goût de l'occupation, elle n'éprouvait pas un seul instant d'ennui; tantôt elle lisait ou se mettait à écrire, tantôt elle travaillait, et apprenait d'Henriette à dessiner des fleurs, à dessécher des plantes, dont elle se faisait dire les noms et les propriétés; elle employait en bonnes actions l'argent que madame Mélite lui envoyait tous les mois pour ses menus plaisirs. Aimée de tous, satisfaite d'elle-même, elle se sentait chaque jour plus heureuse; on ne remarquait plus sur son visage cette langueur, cet air d'abattement qui en avaient altéré les charmes pendant si longtemps; ses yeux étaient animés, brillants; elle avait toute la fraîcheur de la jeunesse. Sachant également bien marcher, courir et sauter. Elle avait acquis, en quatre mois, plus de grâce, de légèreté que tous les maîtres de danse de Paris n'auraient pu lui en donner.

Au commencement du mois d'août, le docteur lui déclara qu'elle pouvait quitter son étable, et au même instant on la conduisit dans une jolie petite chambre préparée exprès pour elle. Delphine sentit une joie bien vive en se voyant établie dans un appartement agréable et commode; sa fenêtre donnait sur la vallée; la beauté de la vue, la propreté du plancher et des meubles l'enchantaient. « Expliquez-moi donc, disait-elle à madame Steinhausse, pourquoi ce petit logement me paraît aussi charmant, et pourquoi je me déplaisais tant dans celui que j'occupais à Paris, quoiqu'il fût cependant beaucoup plus grand et plus beau que celui-ci?

— D'abord, répondit madame Steinhausse, votre chambre à Paris donnait sur un vilain petit jardin bien triste et entouré de hautes murailles; et puis, quand vous êtes venue ici, vous ne connaissiez que de faux plaisirs, c'est-à-dire ceux que peuvent procurer la vanité, la magnificence et le grand monde; comme ces plaisirs ne sont qu'imaginaires, on s'en lasse facilement, aussi en étiez-vous déjà dégoûtée; n'ayant

aucune idée des véritables, vous péris-
siez d'ennui : telle était votre situation.

» Vous avez vécu dans une trop
grande abondance pour apprécier les
commodités et les agréments qu'une
honnête aisance répand sur la vie :
vous ne jouissiez de rien, parce qu'on
ne vous laissait rien désirer. Les choses
les plus agréables deviennent insipides,
ennuyeuses même, si l'on ne sait pas en
user sobrement; je vais vous en donner
un exemple.

» Vous aimiez beaucoup les fleurs;
je vous ai vue trouver un grand plaisir
à chercher de la violette : pourquoi ce
goût particulier pour cette dernière
fleur, goût qui vous est commun avec
toutes les jeunes personnes? C'est que
la violette est cachée sous les feuilles,
c'est qu'elle est moins commune que
le thym, qu'il faut la chercher : si elle
était répandue dans les champs avec
une extrême profusion, vous cesseriez

de l'aimer, vous n'en feriez pas plus de cas que du gazon.

» Les productions de l'art sont sans doute au-dessous de celles de la nature ; il est donc encore plus facile de s'en lasser : cependant elles ont leur agrément; elle peuvent procurer des plaisirs, mais seulement aux personnes modérées. Si vous remplissez votre appartement et votre maison de porcelaines. vous serez bientôt dégoûtée de porcelaines. Si vous allez tous les jours au spectacle, vous n'y trouverez que de l'ennui. Si vous restez trop longtemps à table, si vous mangez des mets trop recherchés, vous dînerez sans appétit, et par conséquent sans plaisir. Il en est ainsi de toutes les choses dont on abuse : dès qu'on veut satisfaire plainement ses goûts, on les éteint : ainsi souvenez-vous que l'excès des superfluités, loin de contribuer au bonheur, le détruit totalement.

» Songez encore que le luxe n'é-
blouit que les sots, et ne produit pas
une seule vraie jouissance; rien n'est
plus incommode que la magnificence.
Des pendants de diamants arrachent
les oreilles; une robe brochée d'or
assomme, écorche les mains; des
bijoux, des ajustements précieux im-
posent mille sujétions; hier, si vous
aviez eu un tablier garni de dentelle,
vous n'eussiez point cueilli tant de
roses sauvages sur ces buissons d'é-
pines où vous laissâtes la moitié de
votre robe, et vous ne seriez pas revenue
si gaie, si contente de votre promenade.

» La magnificence n'est pas moins
gênante dans les meubles : pour moi,
j'aimerais cent fois mieux habiter toujours votre étable que ces brillants
appartements où l'on est obligé de
marcher et de s'asseoir avec précaution.
Que je plains les gens ainsi esclaves de

leurs richesses! La vanité qui les égare pourrait, mieux entendue, leur enseigner les vrais moyens d'obtenir la considération qu'ils recherchent; au lieu d'étaler tout ce faste, que ne font-ils de bonnes actions!...

— Sans doute, interrompit Delphine, ils se feraient estimer; mais d'ailleurs est-il possible de ne pas trouver un grand plaisir à faire du bien?

— En se livrant à toutes ses fantaisies, continua madame Steinhausse, en dépensant tout son argent en vaines superfluités, on s'endurcit le cœur on finit par se corrompre.

— Ah! s'écria Delphine, quelle que soit ma fortune un jour, jamais elle ne me corrompra; je serai modérée, je me souviendrai de l'ennui que j'éprouvais au milieu d'une extrême abondance, je me souviendrai qu'il m'a fallu passer quatre mois dans une étable pour être en état de sentir le prix d'une partie des choses dont j'étais fatiguée, et surtout qu'il existe des infortunés, que le bonheur de les soulager est le plus grand qu'on puisse goûter de la vie. »

Cet entretien finit par les plus tendres remercîments de Delphine à madame Steinhausse ; cette dernière avait en effet de justes droits à la reconnaissance de Delphine, puisqu'elle lui avait appris à raisonner, à penser, à sentir.

Delphine resta encore deux mois chez le docteur ; elle acheva d'y perfectionner son caractère, d'y fortifier sa santé. Enfin, vers le commencement du mois d'octobre, elle jouit du bonheur de revoir sa mère. Madame Mélite la pressa dans ses bras avec transport, elle pouvait à peine la reconnaître. Delphine était prodigieu-

sement grandie, en même temps elle
avait pris de l'embonpoint et les couleurs les plus vives.

Madame Mélite, au comble de ses
vœux, la régardait, la serrait contre
son sein, l'embrassait, voulait parler et
ne pouvait exprimer l'excès de sa joie
que par des pleurs.

Madame Steinhausse, témoin de son
bonheur, jouit en silence d'un si doux
spectacle. « Vous me l'avez donnée
mourante, dit-elle enfin; je vous la
rends, Madame, dans toute la force et
la santé, et, ce qui vaut mieux encore,
je vous la rends bonne, douce, égale,
sensible, raisonnable, enfin digne de
faire votre bonheur. Cependant elle est
si jeune, si peu formée, qu'à moins de
certains ménagements on pourrait craindre encore pour elle des rechutes; si
vous voulez les prévenir, voici le régime
qu'elle doit suivre; il n'est pas rigou-
reux, mais nécessaire.

— Elle le suivra, interrompit madame Mélite ; donnez, Madame. »

. Et prenant le papier que lui présentait madame Steinhausse, elle le lut tout haut :

ORDONNANCE DU DOCTEUR STEINHAUSSE.

« Mademoiselle Delphine passera six mois de l'année à la campagne ; à Paris, elle se donnera beaucoup d'exercice à pied, même en hiver ; elle ne mangera jamais que du pain à son déjeuner et à son goûter, excepté dans le temps des fruits ; elle ne portera que des habits simples, les seuls qui soient commodes et légers.

» Pour la préserver de l'ennui, on lui donnera des livres instructifs et

amusants, et l'on ne souffrira pas qu'elle
soit un moment oisive ; si elle se laissait
aller par hasard à la tristesse, il faudrait
lui rappeler l'histoire de la grand'mère
d'Agathe, et le bien qu'elle a fait à
cette vieille femme : en suivant cette
méthode et ce régime, mademoiselle
Delphine conservera sa santé, sa gaieté,
et le bonheur dont elle jouit. »

Madame Mélite approuva fort ce
régime ; elle promit de le suivre exac-
tement, et témoigna à madame Steinhausse la plus vive reconnaissance ;
l'année d'ensuite, elle acheta une maison dans la vallée de Montmorency,
dans le voisinage de celle de madame
Steinhausse.

Delphine conserva toute sa vie pour
cette dernière l'attachement qu'elle lui
devait, et pour l'aimable Henriette la
plus tendre amitié. Elle devint une personne charmante, et acquit de l'instruc-

tion et des talents; bonne, raisonnable, bienfaisante, elle était admirée et chérie de tous ceux qui l'approchaient.

FIN.

Limoges — Imp. Eugene Ariant et Cie.

Original en couleur

NF Z 43-120-8

www.ingramcontent.com/pod-product-compliance
Lightning Source LLC
Chambersburg PA
CBHW060810180626
46818CB00002B/777